未完の愛の詩集

冨永滋

目次

未完の愛の詩集　または　幼い恋

愛

からだのなかに
花びらがいっぱいつまっているのではなく
いちまいのうすい花びらのなかへ
からだがとけこもうと
しているのだった

10のくさり歌

どぶのふちに
花のさき
ふんづけて
花粉のどくの足をさす
あくびしながら
うちはらい
歩いていくほか
ないらしい

*

からっぽの
映画館で

ひとり
風の音をきく
はだかの
女の
おどりでて
コンコン　と
せきをする
あらすかの
よる

＊

あのひとの
はなのあぶらは
だれがいったいなめたのか
だれがいったい　なめて
こっそりとけたのか
あのひとは

アニスの酒をのんじゃったのか
くりかえし　太陽を
くらーんとななめに
ふっちゃったのか

粉っぽい夜だ
信号灯の赤のとまれだ
むこうの犬め　じゃまだ
石をなげてわたろう

あ
あのひと

タクシィからおりてわらうあのひと
ほら　しろい指　ひかる足
ほら　あのひとの
べっとりぬれた
ネックレス

*

紅ぬりて
つくえに彫りたるくちびるの
肉はかたくて
ひらかざるなり

*

自転車にのって
海へいこうか
どうせ　ばかでかいからっぽに
ちがいはなかろうが
たまに塩くさい
天のひかりをあびるのも
よいがさめてくるしくて
じごくのようで

いいもんだ

＊

油
あせで
めざめる
ぼくを
陽が
よごす

ん
この
ゆれる
かさなる
おもい
もの
は

なに
窓
の
そと
は
白

*

ためいきが
ためいきをつくので
うすらあかるい
闇のなかを
なみだでも
うかべながら

ぼくも

音楽で
あるために
こみあげてくる
いやらしさを
シャンソンに
ふきかえて

ひとり
古ぼけた
フィルムのように
もうろうと
部屋へ
かえろうと

どうやら
さくら草も
さいたようで
春のくびも

郵 便 は が き

料金受取人払郵便

大阪北局
承 認
6123

差出有効期間
2023 年 5 月
3 1 日まで
（切手不要）

5 5 3-8 7 9 0

018

大阪市福島区海老江5-2-2-710

㈱風詠社

愛読者カード係 行

ふりがな お名前		大正 昭和 平成 令和 年生 歳	
ふりがな ご住所	□□□-□□□□		性別 男・女
お電話 番 号		ご職業	
E-mail			
書 名			
お買上 書 店	都道府県 市区郡	書店名	書店
		ご購入日	年 月 日

本書をお買い求めになった動機は？
1. 書店店頭で見て 2. インターネット書店で見て
3. 知人にすすめられて 4. ホームページを見て
5. 広告、記事（新聞、雑誌、ポスター等）を見て（新聞、雑誌名 ）

風詠社の本をお買い求めいただき誠にありがとうございます。
この愛読者カードは小社出版の企画等に役立たせていただきます。

本書についてのご意見、ご感想をお聞かせください。 ①内容について
②カバー、タイトル、帯について
弊社、及び弊社刊行物に対するご意見、ご感想をお聞かせください。
最近読んでおもしろかった本やこれから読んでみたい本をお教えください。

ご購読雑誌（複数可）	ご購読新聞 新聞

ご協力ありがとうございました。

※お客様の個人情報は、小社からの連絡のみに使用します。社外に提供することは一切ありません。

窓に
もたれて
重いだろう

＊

たまる
ことばの
おそろしさ
ほんとに　からっぽな
風船にでも
なりたい
よ

＊

手を
螢光灯に

すかしてみると
ながれてる　しろい血
やっぱり
くらげはくらげ
なんだな
と思うと
こうやって
生きている　三月が
いいわけみたいに
こっけいに
なって
くるのだ

*

ゆうぐれの
麦のにおいの
てのひらの

よみがえるあの雲に
かすれたのどを
ふるわせて
ああ
黒人レイの
歌もきこえる

死

ほそく
ちぢれるぼくを
からませたまま空きびん
のようにひかり
さむい
蝉のひびきを
しいんと
ふかく
こがしている

歌

すれちがうとき
ひとはみなかなしいレモンの匂いがする
町じゅうカーニバルの
夏になっても

紀行

雨がふるので
雨がさを
さしてポストの横に
立っていた

本屋へいって
あざみ色の服を着た
女のひとに
いつかの夏の貝がらと
なすの花を
ささげよう

と思った

まわりから
まわりへいくのは
さびしいですね
タイフーンの目のような中心は
どこにもないので
しょうかね
とえらそうなことを
聞いてみよう
と思った

とにかく
あとはのろのろ電車が来て
ドアがあいて
ぼくが乗っていくだろう

と焼こんぶを出して
ぽりぽり
食べた

太陽に

パラソルをさし
おまえの光をさえぎり
影にガリバアのような深い眠りで
オホーツクの海をただよい
めざめて
パラソルをとじ
ふたたびおまえの光に刺され
歩いていく

八月

石があってぼくがいない野原に　ちょうちんをさ
げたぼくの恋びとが立っている　八月は　さびし
い祭の季節だ　ききょうの咲く田舎へ　源氏の螢
をさがしに行った母の季節　ほおずきと　アセチ
レンの炎の季節だ

噴水がのぼり　町のくらやみにはアンドロメダさ
えゆらいでいる　が　そういうぼくだけどんな眼
つきで　どこを歩いているのかわからぬ　ばかば
かしい幽霊の季節だ

歌

なんにもない野原を
鬼の面つけて踊りながら行く
からっ風すさぶ祭の日

夏の手紙

こよい
よどむ梅酒
機関車の
ゆらゆらゆれる煙のなかに
遠ざかる女神の
すっぱいくちびる

もう
おもいだすこと
わすれること
イタリア製の鉛筆やうれしい貝の音もなく
さっきからからからだのなかで

秋のセミが鳴いている
あるいはまだ
終らぬ祭の
日暮れだろうか

窓から
首を出して
草のねいきを聞いてみる
わたしの顔は
どうやらきまじめなうらない師
てのひらのロウソクで
さむい宇宙を透かしてみても
夢は天の川に
死んでいる

水色の
あの夏も過ぎたし

わたしも知らないうちに
過ぎていこう

ここは
ふるさとではないのだから
すれちがった肩が枯葉のようにかさかさして
あたりにあのひとたちの
せつない髪の
匂いがしている

ひかりのなかを
天使たちも泳いでいった
ぴかぴかのピストルに
花をさして

鳩をよぶローランサンも
野いちごも

瞳も
過ぎていった

だが
ぼんやりして
見わけなど
つかない

この
うちわ
ゆび
歯
耳
パン
ふとん
灰皿
ボタン

さわれば確かに
在るもの
が
眼につまり
ひりひり
する
だけだ

足のうらの
あざはすっかり
つめたくなった
こよい唐代の詩人のように
別離について考える
藁で作った
サンダルをはいて
タイフーンの過ぎた畑へこだまする
女のことを

考える

鬼火のなかを歩いていけば
ゆらめくイラクサのすきまに淋しく
河童の顔もあるだろうと
おもたい梅酒を
かたむける

庭

女がいて
女は死んだ
女はうすむらさきの
てぶくろをしていた
自転車にのって
いちじくの実をもらいにいくと
タオルで背中を
ぬぐってくれた

眼が泣いて
口がほほえんでいた
まるでジョコンダのようだった
庭にたくさんコスモスが咲いてそれから
ときどきオルゴールの音がした
てぶくろは
いちど裏返してから
いろりにくべた
とだれかが
いった

鎮魂歌

螢光灯の
においのなかに
塩のふる暗い港がある
海鳴りがしている
もう
旅立ちだから
ぼくらの愛も
空気になってしまうのだ
ひややかに
コスモスをゆらし
ぼくらの愛がながれていくとき
いっぽんの髪もそこにうかべぬように

ぼくらはふるえながら
窓をしめる
ついに
海へのりだすのだ
このいまいましいにおいのなかを
港の方へおりるのだ
ほとんどひとつになって
ぼくらの影がついてくる
ふたたび始まる
物語を祝って
胸には仲良くぼくらの咳
はきだせば
見えない海へ
吸われていくか

秋

すきまがある
風がながれている
そのなかへゆっくりからだをたおす
ながれがみだれる
菊がにおう
なにも見えない

ふるえるゆびでみかんをむいた

さむい
から　ほたるになり
ぼっとあかりともして
やみのなかをうかんでいった
こころよ　きっと
あのひとのむねにとどけ
はくちょうのはねのように
かなしくこごえてしまったひふを
みかんのせつない
においでこすれ

多津子

ぬれた光の底にさらにぬれて
ひとかたまりの光がよどんでいる

ふるえながら身をかがめ　両手ですくいあげ
多津子は多津子のながい髪にその光をそそごうとする

いくどもいくども　そのたびに光は指のあいだをするりとぬけ
多津子の足をぬらして沈む

おかしさがこみあげてくる
多津子はおかしさのかなしみに錯乱する

うつむいて多津子が闇のなかを下りてくるとき
風はあふれ多津子のまわりでうねる

メルヘン

梨のなかに
はいってしまいたいな
おふろできれいにからだをあらい
なんにももたずにはいってしまいたいな
ほら
こんなにもあたたかいぼくらの涙
神さまがでてきてもだまっていたいな
ぼくらだけのおもみで
くずれながら
梨のなかをひろがりたいな
ねむりのおくへ

聖餐

男が立っている
茨のつるに絡まれている
茨は苺いろに小さな花をつけている
男が虹のことばを口ずさむ
うっとりくちびるをよせ花をくわえる
ゆるやかに男のからだからも
血が茨のなかへ流れこむ

死んではならない

七月

盛り上がり崩れながら
ゆるやかに過ぎゆく多彩な光に
ふたたび
哀しみの眼が閉じられる

暗く透けた男のからだと
その向こうに揺れている菜の花と
鮫と
わた雪と
火をのむ渦と
それら自らの時空とが焼けている眼の闇を　けれど
まるで藪にかくされた泉からのように

心の闇から　いのちの
見えない波がかがやきながら
うるおしてくる

もはや
なにものにも
悲哀のぼろは飾られない
しんしんと耳をつらぬく蝉のひびきが
いまそのままで内に消える
生きていることのかけがえなさ
燃えていることの
いさぎよさ

とざされた石のなかを
力がひそかに降っているように
このからだのなかにも澄んだ雨の気配がある
空しさに芽吹き

しずかにぬれながら嘆きを超え
ただいっぽんの野菊として心のなかに立てばよい
在るがままの心のなかで
ひとり炎を咲かしめる者のために
原初からの
りりしい大気を吸えばよい

ゆたかに風がよみがえり
動くにまかせた明らかな影を
時が流れ始める

野分

闇のなかで
熱い茶が入れられ
熟れて無花果の実が落ちた

男が歩き
なにも見てはくれぬと女が泣き
雀が暗い耳を飛ぶのだった

ひそかに
窓をたたく者がいた

桔梗と螢の
その露にぬれた里からの
手紙であった

夜の歌

ふるえながらこのままふたりこごえ死んで朝
路上にかがやけばよい

星が落ちる　あらゆるものからの
かかわりが消え　背後をひとすじに星が落ちる
飛びながら　落ちるということを飛びながら
ひたすらに時をこめて星が落ちる
アア　漂ウ者　ココイマタ疲レトトモニ起キ上ガル者ヨ

スデニ縁ドラレタ窓ノ　アタタカク淋シイ明リヲ闇ニ見ナガラ
ナオモカワイタ足ドリデ　オマエガ
見知ラヌ時ノハリツメタ垣根ニソッテ歩イテイク

あらゆるものの愛となり　だが栄えながら星は落ちる
するどく燃えてきらめきながら　つかのまを
むしろおのずからな新しい時となって落ちる

歩キナガラ　螢ノナカデ死ンデイル　オマエハ
タダ仕方ナク眼ヲ閉ジル　ホラ　古ビタ旗ノヨウニ
忘レタ町デ　オマエノ心ガ風ニ吹カレル

オルフェ

藪をくぐり
つぶっていた眼をあけると
さえわたる月にカーニバルは終っていた
氷のようにひかりながら
うごかない回転木馬のうえに
ひとりの少女が死んでいる
かなしくほほえんだその口もとをよごして

赤くにじむ幼い紅は
そのまま　そこにあるオルフェのまずしい生なのだ
腰をおろし
石がひとつぶかわいた手を打つと
だが風はようやく唸りはじめるのだった
広場のまっさおな底をすべり
しらしらと枯葉を
ふたつの影へ切りこみながら

めも

ひらおよぎ
を　しておるな
とはおもってもあい
まいなはなやはっぱ
やかみくずがのどにつまってくる
しいのだとても　とても
だからみずよ　おれはあえて
じたばたしてもちばしってえも
なにがああしていきちゃってえも
と
いって
おるうちにごつんと

いってこれがかべ
ここがごおるよとみぎてをにぎり
ひきあげたのだおまえが
むすめよ
くろんぼおの
だから
からだをふいてまどをあけ
りんじんたちのまちのぱぁてぃ
のあいだをぬけてもおれは
なかなかった　おれは
わらいはしなかった
ええ
ぜったいなんだぜ
むしばのいたみにあさってのよてい
しごとはなんでもくりかえし
しごとなんでもくりかえしなら
りんりんりんりんりん　でんわいそげ

と
むすめよ　だから
こおりにふたつのこころをかくし
やみにまぎれて
おまえはどこかをあるくというのか
だきあうとこみなにっぽんくさいと
みえないはとばでしのうというか
むすめよ
こすもすをたべたむすめよ
ああ
おまえのためいき
のようにくうきはおいしい　とても
とてもおいしい　だから
むすめよおれはさがしているのだ
かくじつないっぽんのでんしんばしらを
なかでふるえているすいちょくなじかんを
ぞんざいなそんざい

らっかするあいを
さいごのさいごのさいご
な
そうだろうす
とんよ
くろんぼおの
さくらんぼよ

あなたに

ふしぎです
あなたのいないところにぼくがいるのは
ふしぎです
ぼくがいないところにあなたがいるのも
コスモスはどこをただよっているのでしょう
あなたのゆびからうかんだコスモス

ゆきはなにをふぶいているでしょう
あなたのうしろすがたのすぎたあと

なにもないぼくのまわりをてさぐりすると
まりがゆっくりらせんになっておちてきます

あなたがふりむくそのせつなのように
ただいちどきりはずんできえていきます

さあ　コスモスをくわえたままおやすみ
あなたはあなたのねむりのなかへ

おやすみなさい
ゆきのように

ぷう

のっぺりしろい
あめのようなひろがりに
ひとさしゆびがあらわれて
いくつも
いくつも
すいとうみたいに
くぼみをつくる
そのいくつもこそぼく
ぼくぼくぼくぼく
ぼくなんだ

ぷってりあおい

ごむのようなそのうらで
べつのにほんがべろをだし
めいめい
めいめい
はなふだみたいに
えのぐをつける
そのめいめいこそぼく
ぼくぼくぼくぼく
ぼくなんだ

ぽぺっぽぷう
ぽぺっぽぷっぷっぽぺっぽぷう
それからにほんとひとさしゆびは
にんぎょうみたいにあるいてきえる
ひとさしあたまであしにほん
ぴのきおみたいにかえってこない
ぽぺっぽぷぷう

ひとごろし
あのひとごろしさんみたいにね
ぷう
かえってこ
ないならぼくはどうなるの
ないならぼくはしょうがない
ぷぷっぷこんどはつめのある
ひっかきゆびをまってみる
ぽぺっぽぷうとまってみる

う
うそだ
うそだうそだみんなうそだ
あめごむぷってりのっぺりうそだ
うそつくすきに
ゆびはゆうゆうさいごのゆめんなか
ゆうれいみたいになきくずれ

ゆびはさいわいいかりのさなか
ゆたんぽみたいにまるまるふとる
ああ
うそつきぼく
うろたえたぼく
なにがなんでもひとりでにほろぶ
なにがなんでもひとりでほろぶ
ほろぶぞお
て
どなってみろ
さくらそうのはっぱのしたで
ゆきどけのゆきのまうえで
はるよはるよ
おまえのかがやくつばさがみたい
ぼくがぼくがぼくがぼくが
ぼくがみたい

非望

ああ　炎
もえるからだの　炎
いのりが秋へつきささり
こぼれてくる光に
炎
ああ　まきあがり
炎　から鳴る
天をなめ

失楽園

枯れたばらの
つるが空からのび
眼をつきやぶりなおものび
あたまのなかでとぐろをまきつつ鳥の骨の
つぶれるかわいた音をたて
おのずから
かたむくむくろを
石のかなたみぞれの海へ
ひきずっていく

飢渇

ふるう
からだに
枯葉
まいおち
ふるう
からだ
枯葉を
つかみ
なめ

ふるう
からだ
で
おさえ
すい
枯葉
まいこみ
ふるう
からだ
の
そこ

食卓

あなたがむこうで
ぼくがこっち
それだけのことなのさ
このナプキンに
鳥が卵を生みおとしても
ぼくらのものでないかぎり

それは
石
知ってるくせに
あなたがいうのさ
息かけて
ねえ　息かけてよ
あなたも　と

毬

あなたの手から離れ　闇のなかを落ちつづける毬は
しかしあなたの手へ向かって飛びつづける毬だ

つめたいかおりとともに

つめたいかおりとともに
たったひとつちいさな火がもえはじめ
ふたたびかなしみは
ほおずきのようにあからんでくる

ことばもなく
ふいにかさねられるくちびる
まぶたをとじたやさしいめまいにかがやきながら

ひばりはもうやみのつゆをはじいている

おかえりなさい
耳たぶもすきとおるのか
ああ　うつくしいひと

いちめんにあじさいのほほえみがよみがえり
はるかなしげみのむこう
よるはしずかにあけかかっている

誕生

ふりかかる
涙のぼろをまきこみ
かわいてふかい渦のまなこへ
死なないままの
おおきな手がふるえながら
つめたくかおる火をひとつ
さしいれる

耳たぶにほおずきが
すきとおる

風路

めまいのなかを歩いていく
風が吹き　マダムのひそめたまゆが
ノン
かなしげにうそぶいて
過ぎていく
野ばらが螢のように点っている

ねむり

あなたの胸にだかれると
わたしはひとりの女　やわらかい岩のように
満ちてくる潮のかおりを待っている
たったひとり　生きている女
くちづけの　熱いコスモスが海にまどろむ　おもさの底で
ほのかに揺れる　とおい月のひかりを吸っている
皮膚をすべる手のかなしみを　かたく桃となってちぢこまるわたしを

わたしは死んだように認めている
たったひとり
わたしは世界を忘れている
潮の引いたみにくい泥を　からからの空に燃える陽を
そうして　そこにさらされた裸のわたしのよごれた髪を
忘れながら　生きている
たったひとり　あなたの涙にゆるされて
わたしを離れ
あなたのこころへ消えいりながら

独唱

おれは手に石を持って歩いた
やさしい石
花の匂いのする石
それで通り過ぎる女の胸やくちびるを
かたっぱしから壊して歩いた

チクショウ
オレニャア分ッテル
オレノイノチノ新聞ガミノ
色ズリノ
イヤラシイ湖ノ
アイ

チクショウオレニャア
分ッテル

壊された女は
さよならもせずに電車の窓で
あっちの方を眺めていた
さよなら・ローラ・さよなら・ローラ
くやしまぎれに歌いながら
おれは持っていた石
河へすてた

それからずっと
手はポケットに突っ込んで歩いていた
映画館のなかをパチンコ屋の前を
おもちゃ売場を裏町を
ときどき手をぬき出してひろげると
指の間をなめていく

風があった

チクショウ
最初カラ
オレヲ追ッテクル者ナド
イナカッタノダ
ヒトリ行進
ヒトリ行進

あのやさしい石
花の匂いのする石がなつかしかった
あれをふりあげ
もういちど
女の瞳をつぶしたかった

オレハ
女ノ

涙ノ
温室ノナカデ死ヌンダ
歩キナガラ
死ヌモンカ

いつのまにか
フォークのような枯れ木の突っ立つ公園を
すれちがい
すれちがい
笑い声と歩いていた

マンディモーニン

さて　月曜日も
サンキングは来ないのである
百円スターキングうまくもないが輝き
ぼくらのモーニンはデッドである
配達夫よせめてカストロ並に髭でものばせ
音楽とびちり　ぼくら電話かた手のドレミファたどるだけではないか
すべすべのオフィスＨＢ嬢ぼくらいじらしく恋ルフランランの子供生んだね
おっとせいよかろうじて歌え　ヘッドライトにちらちらするのはぼくらのカルチャ

単なる花いちもんめの苦労でない　ということなんだと
やあやあやあ
ビートルズはいちれつ横隊で現れる
ぼくらペンをすべらせ机をたたき　借金とブラジャみんな返して
そしてあるあほうの生涯でも考えて
死ねば良いのだ　おおそれみよ
おお　ばらばら

挽歌

そのとき庭で
焚火の小さな竹がはじけ
あわてたぼくの父と母が
じだんだ足でそれを踏み消す
アトリエの女はタバコをくわえ
重たいドアをやっと押し開け
残った絵の先生はこれでよし
これでよしとうなずくのだが
客たちの立ち上がるソファの音が壁にこだまし
スピーカァが名前を呼び
売店は明日まですするめもジュースも売らない
そのときこれで

ひとりっきりだと口笛吹くぼくの兄を
さむいトイレがながく引き留め
タクシィのなかで髪がほどけ
テレビの画面をたたく雨に追われて
恋びとたちはコーヒィ碗からスプンを落とす
そのとき窓には綿飴の子供
自転車にまたがり
ボルに向かって出発したいが
さわやかな炎を吸ってみたいが
セロ弾きはあざらしの背ににた道を帰り
黙りこくって首を吊るので
娘たちさえやるせない歯ぎしりをくりかえし
あいまいな夢にロープがくねり
アンコールはとうとう失語患者の耳で鳴りやまない
あくまでも
唖が
無知のふたつのまゆを描き

手のハンカチがそれをぬぐい
桜を見たいが
生きてはいたいが
そのとき陸の終わりはいつも海で
暗い水が大きくゆるく盛り上がれば
動かぬ岸は雪が降るまで
連絡船を待っているのだ

忘れし夜の歌

さむざむとかつたゐびとの嘆く夜わがかなしみを祈りとはいふも

うづくは忍び入る棘かあをざめてアルカホルのにほひあびつつ

さみしらによぎるゆめありうはごとをしろきねどこにあつむるよふけ

くずれゆくコンクリートのひかりあびわがてのひらのしらじらねむる

あかあかと燃ゆる涙ぞひともなきこの暗やみにくちづけしまま

ふりあげしわがてのひらをうっすりとねむりの風はなめてふきゆく

畦みちを乞食のごとく歩む時つとせまりくる赤き死もあり

あせりをのみ銃のにおいにみとめふと噴水ならばとつぶやいてみる

めくらが氷のなかからのばす手のひとさしゆびの爪にみかづき

ふる雨をかわいた笛にすわせつつさまようめくらは紙のひこうき

みずうみのおんなのむねにはなびらをうかべてもかなしかぜのゆくえは

家ありて叫ぶ勇気なしげんこつでブロック打てば血ながれ出づ

つめたき風に顔切られて走る自転車のわれ半ば失神しつつ

いかにせむ涼しく闇にゆれてコスモス誘ふあれは幽霊か

内田英夫　拾遺

この詩集の印刷に入る直前になって、幾つもの僥倖が偶然にかみ合い諦めていた半世紀前の原稿を入手した。誰に感謝したらいいのだろう。著者冨永滋と学窓を共にした夭逝の詩人内田英夫氏の若々しい詩篇をここに追補収録する。

この本には私の名前がある。

謹んでこの本に氏の名前を刻す。

内田英夫　拾遺（同人誌「珈琲」所収）

■懺悔　――――序に代えて

ここにピリオドを打つ
まるっこいピリオドを
秋に開放する
秋とピリオドが流れても
心ははっきりと止まる
少し遡って苦い汁をなめる
冒涜の回転あるかぎり
あえて油をきらす
敗退の手で懺悔の十字をきる
光りの交差に目を閉じる
私が私であり
人が人であるかぎり
再び文の湧くことはもうない
この数編の詩をその責任に代えて
甘ったるい言葉を歌う

■未完の愛の詩

オレノハハワチカクニイナイ
チカクニイナイカラニンゲン
クサイ愛ヲカンジナクテイイ
シゼンココロモ澄ンデクル

十六年の記録はもうない
だから
天に帰依する
母なるナイルより
祝福の手にすがり
涼しい空を
一人昇天
一人昇天

■二月

レモン色の波の
一つ一つに一人一人の少年がいる
時の中を漂っている
初々しさが故に
彼等の洗礼が故に
太陽ははたまた天にある

突如
水晶の露顕

■冬山より

おまえには好きな人がいるというが
尊敬する人がいるというが

雪の上に
太陽がほしい季節で
肩のリュックも
どうやら凍って
ラッセルしながら
生きることを考えるが

□□□よ
月末のある日曜日に
古いおまえの手紙を
二つ三つ読んだら
後は退屈して
涙をポロポロ出して
あくびをしたが

どうやらブリザードも終ったようで
雪もしまって固いだろう

■夢のように

雨が降ってきたので
ポチッポチッと葉っぱが泣いたので
手を振りました
筋書き通りにダンプの中へいました
恋の傷手を癒すために
ヒッチハイクの旅へ出たのです
道路が白かったといったって
太平洋の端は丸いに違いなかった
で
旅っていいものだなと思いました

その日　俺は俺であって　しかしました

（大勢の俺が
　会釈しあってます
　とりとめなく会釈してます）

■宣言

赤いスポーツカーの中で死ぬのである
けっしてレーサーの中では死なないのである
人間らしく優美に死ぬのである
血を吹き流して
シャンソンを歌って死ぬのである
胸に一葉の恋人の写真を入れて
粉っぽい空気の只中へ命を投げ出すのである

■メルヘン

空に自嘲の言葉があったので
鳥はいまさらどうにもならず
地に朽ち果てたとさ
むっちりむっちり
涙がふとる

■無明

燃える体が歩いている
炎を出している
焼けこがれて木片がはねる
大きく涙が連続する
炎の空間から
二本の細い長い手がのびる
燃える体は消えない
光が光を追う
からっぽの頭は形がない
炎にまさしくのたうって
脳髄の宴
燃える体がつっ立った
もう少しで月だ
ぐるっぐるっと大地が煮える
一面真赤な鉄の色
うれしくて月も赤い
□□□さあん
ばんざあい
ばんざあい

■心象風景

ゆきやなぎの間を
ゆったりと機関助手のスコップ
三びきの蝶

たけがうちふれたのだぼくは
なにもしないのにかってにふ
れたのだ手はうごかさなかっ
たぼくの手はうごかなかった
たけがふれたのだふるえたの
だ

蝶
来た方へ逝った
花の中から
墓標のごとき土の色

か す か に 汽 笛

■作業

光に弄ばれてはいやだし
秋が横をいくのも寂しい
だから
自然の幕間に
破れた靴下を繕う
白い時を遡る
最後の身嗜み
一針に十針
冷たい笑いを
笑いかえして言葉を運ぶ

■虚愛

ラウド・スピーカーに
逃げまわる君を
目で追うともなく
半ば期待と
半ば不安に
胸を締めつけるだけだった

あの日から
ふっと
顔を見ない

本にはさんだ
一枚の葉書は
彼女の化身となる
40Wの蛍光灯にすかしてみると
彼女の顔の輪郭さえも解ってしまう
とうとうと
さみしさをたたえた顔を
輝かせているのだ

一途に燃えてしまった私の
なんと悪かったこと
もぐらは音のない音を聞くという
もぐらでなかった私の
何とおろかだったたこと

　プレスリとマーグレットが歌っていた
　プレスリの不健康な歌にプレスリの好
　きな彼女に乾いた涙をなげてやった

別れを祝って
食べるパンのくやしさ
気だるいつかれが
肩にただよう

■単独行の友へ

赤い燈を見たんだろ
泣いたんだろ

平和か

石槌で
シャンソン歌ったか

降る雪のひとつひとつにそれぞれの空あるを知りき大雪の年に

目覚めどき神経になにかの匂ひせり死の匂ひか知らむ珈琲の匂ひか知らむ

バラは赤い
草は緑。
この本には私の名前がある

1949 – 2015
TOMINAGA Shigeru

Age 16
ぼく　クレイさんの絵が好きで
クレイさんの絵具が好きで
壁にも天井にも
顔にも腕にも　背中にも　ペタンペタン
クレイさんを貼り付けて
笑っていました
退屈な 16 年でした
Age 20

【著者略歴】

冨永　滋

TOMINAGA Shigeru

1949年2月27日熊本市に生れる
1971年結婚　妻多津子（1972年長女、1974年次女）
1974年大阪府高槻市に転入
1984年京都市に転入
1998年有限会社新星座設立（～2014年解散）
2015年11月24日死去

未完の愛の詩集

2023年1月15日　第1刷発行

著　者　冨永　滋
発行人　大杉　剛
発行所　株式会社 風詠社
〒553-0001　大阪市福島区海老江5-2-2
大拓ビル5-7階
TEL 06（6136）8657　https://fueisha.com/
発売元　株式会社 星雲社
（共同出版社・流通責任出版社）
〒112-0005　東京都文京区水道1-3-30
TEL 03（3868）3275
装幀・編集　理珀津蓉
印刷・製本　シナノ印刷株式会社

ISBN978-4-434-31402-5 C0092